最美的遇见

ZUIMEIDEYUJIAN

李慧 著

敦煌文艺出版社

图书在版编目（CIP）数据

最美的遇见 / 李慧著 . — 兰州 : 敦煌文艺出版社，2023.11（2025.1 重印）
ISBN 978-7-5468-2450-5

Ⅰ . ①最… Ⅱ . ①李… Ⅲ . ①诗集－中国－当代 Ⅳ . ① I227

中国国家版本馆 CIP 数据核字（2023）第 210990 号

最美的遇见

李慧 著

书名题字：王登峰
插　　画：野山下的小站
责任编辑：杜鹏鹏
装帧设计：韩国伟

敦煌文艺出版社出版、发行
地址：（730030）兰州市城关区曹家巷 1 号新闻出版大厦
邮箱：dunhuangwenyi1958@126.com
0931-2131397（编辑部）　0931-2131387（发行部）

三河市嵩川印刷有限公司印刷
开本 787 毫米 ×1092 毫米　1/32　印张 9.25　插页 1　字数 200 千
2023 年 12 月第 1 版　2025 年 1 月第 2 次印刷

ISBN 978-7-5468-2450-5
定价：58.00 元

雅心千古上

——李慧诗集《最美的遇见》之序

曾万紫

在汉语中，“雅”一般指文雅和美好，而雅心，即优雅纯洁之心，引申为正直、高尚、有品味之义。在我国“彩云之端”的云南，有个女诗人叫李慧，她的笔名为“雅心”。提到“雅心”我不禁想起古诗中的那句话：“雅心千古上，慈汗一尊同。”当我把李慧处女作《最美的遇见》诗集文稿一气呵成阅读完毕的时候，似乎感觉有一位女子袅袅向我走来，越过时空，我进入了她丰富高雅的内心世界。

李慧的诗是多情而多思的。“多情”不一定是爱情，更不是所谓滥情，在诗人眼中，一花一叶，一风一雨，一书一画，都是有情之物。出生于云南省红河州的李慧，自幼聪颖，她善于用文字记录生活，她的诗句既有对生活的感慨，也有对爱情的抒发，更有对社会现实的反映，满满的生活气息，体现了她对生命的热爱和对人生的思考。翻开《最美的遇见》，一股清晰明亮的气息与恬淡之情扑面而来，我们仿佛看到一个多情而多思的女子一路走来，且行且歌，她将散落在生命里的遗珠一一捡拾，串联起自己对岁月的细语呢喃。李慧善于运用文字定格瞬间、记录生活，多年来她一直于时光中默默沉思，在诗歌里深情回望，曾经的心路历程，曾经的爱恋以及对故乡的眷恋与回望，氤氲了女诗人独特的气质，也为她构筑了一个丰富的精神家园。

她的诗中写情感的占一定的比例，多感，多情，多思是读者朋友对她最初的印象。“思是缘的起点 / 念是诗意的靠岸 / 提笔落款皆是 / 倾城的思念。”确实，她对家人的情，对友人的爱，对情侣的恋丰盈真挚，以我手写我心，细细咀嚼岁月的生命浆果。我欣喜地发现，其多思多情的气质还能够由个性上升到共性，与生活中的点滴激情碰撞，从而达到与读者的心灵共鸣。她的诗情里，还有无尽的乡愁，其中有亲娘也有老父亲。她对父爱是这么描绘的:“您总把山路走弯 / 却把儿的人生拉直 / 还要向您寄出 / 儿捂了又捂的思念。”字里行间一股亲情诉诸在笔端，跃然纸上，使读者的心灵也得到一种释然的慰藉与无言的安抚。原来，在那红河畔，有诗人热爱的生活、挚爱的亲人以及她深深眷恋着的故土。

其实我们写诗，都是在写一份心境、一份念想和一份情怀。

诗人的眼界和艺术感知力很重要，李慧无疑在这方面有得天独厚的优势。诗人怀着至纯至真的情感来书写她的青春，青春有感伤也有喜悦，诗中流淌的是少女的才情和万事万物的灵性，仅仅是《相思》，在此诗集中就有 3 首同题诗。李慧用文字将那些值得珍藏的日子一一记录下来。“即使遍体鳞伤，依旧觉得人间和美”，无论是感时伤怀还是吐露心声，其作品里都始终闪亮着一缕明媚的光。正如她在诗中所言：“我的诗行是一支瘦笔 / 拈着柔情不写忧伤 / 只说遇见”，可见诗人一直满怀着对生活的热爱与人生的激情。文学作品本来就主要是来自情感的表达，而多感，多情和多思，天生敏感而细腻，让这位文学情感热烈且真挚的女诗人，犹如茉莉一样飘香在“彩云之端”。

李慧的诗也是多元而多边的。艺术来源于生活也可高于生活，诗歌的语言，本来就应该是多元的、变化的，多边的。李慧是哈尼族，哈尼族主要分布于中国云南元江和澜沧江之间，聚居于红河、江城、墨江及新平、镇沅等县，和泰国、缅甸、老挝、越南的北部山区。李慧的作品主题丰富多样，既有描绘家乡山水风光的田园诗，还有表达个人情感的爱情诗，既有对生活的感悟，也有对世事的描述等等，这些主题各异的作品，展示了她丰富的内心世界和对生活的多角度理解。也就说，她能够在具体与抽象之间自由地穿行，涉猎广泛，无不入诗。她的文字透露着一种清新脱俗的气质，从中我们看到了语言的张力以及文字的魅力，那股清新也超脱某些缠绵缱绻的小资情怀，使其具有一种雅致大气。

多元而多边，蓄思含情，不加雕饰，明净清远，淡雅脱俗……李慧的情感能道人意中事，就像她的心性超脱物外一样，正如她所言“无关季节来去，无关花事未央”，很多精彩且非常漂亮的句子，活色生香，直接切中读者的神经末梢。我们不得不承认，李慧是一个想象力丰富的女子，虽然我们也看得出来，诗中有些意境场景是虚拟的，幻想出来的，但其至情至性的语言颇有诗意，她的娇媚，她的风情在多元多边的诗歌题材中尽情展露。有一位哲人说过，我们每个世俗凡人，心若没有栖息的地方，到哪里都是流浪，而李慧用文字构造构建自己心灵的殿堂，努力寻找心灵的净土，爱我所爱，自由自在，她的精神家园一直都在，而且是非凡独特的。

据说，哈尼族与彝族、拉祜族等同源于古代羌族，为适应当地平坝及“百谷自生”的地理环境和条件，开始了农耕生活。哈尼族在大渡河畔定居农耕之后，因战争等原因被迫离开农耕定居地而再度迁徙，进入云南亚热带哀牢山中。作为哈尼族的后裔，李慧深爱她的民族，一方水土养一方人，在李慧的诗歌中，我们也看到了她作为哈尼族的后裔所呈现出来的个性。她的诗多元多边的特点也表现在内容的舍取方面，如岁月、春天、雨滴、小溪、星光、绿叶、醇酒、渡口等等在她看来是诗；月光、雪花、长发、秋霜、凝露、热泪、新年和江南对她来说，亦是诗。她的题材是多样的，那些长短相行，错落有致的句子，洋溢着十足的画面感、音乐感。

李慧的诗亦是多姿而多彩的。诗歌的美，在于意境，意境对于诗歌文本的意义是至关重要的，甚至是决定性的。李慧善于运用各种修辞手法，如比喻、拟人、排比、借喻、隐喻和抒情等构建意境，使其诗作品更加生动形象。平平仄仄，深深浅浅，反反复复，内容丰富，通俗易懂，风格独特，直抒胸臆，那是自然而然的感情流露，所以具有很强的可读性，呈现出多姿多彩的艺术特色。毕业于红河学院，现为红河学院附属学校教师的李慧，自初中时代起就对写作产生了浓厚的兴趣。在校期间加入了校园柳笛文学社、杏坛文学社。李慧踏入工作岗位后，朗诵、演讲、写作，依然笔耕不辍，她能把那些看似平静如水的日子，看似波澜不惊的岁月，揉进她的诗情画意中，也令她的人生绮丽多姿……

李慧的诗体现出不拘形式的唯美浪漫，表达自然万物的多姿多彩。无论是直抒心意，还是委婉含蓄，作为一个有诗心的女诗人，李慧懂得如何把一首诗写得唯美，而美轮美奂的意境也不是凭空想象，是一个个词句组合成美的意象，用意象完成对美好意境的注释。在《如果人生是一次相遇》中她写道：“你走来 / 不带一枝桃红初妆 / 你走来 / 不带一缕枫叶惆怅 / 你走来 / 不带一片云朵游

弋 / 你走来 / 不带一只鸿雁南飞”，诗意的表达，被她带入某种意境里，语新意隽，活泼秀丽。

多姿而多彩的诗情画意，使她能够引得许多人心灵和情感的共鸣。李慧一直以诗情回答生活，以诗心热爱生活，充分展现她丰富的内心世界，诗性与激情碰撞出的自然之力，更是其诗歌拥有生命力的重要原因。在她眼中，生活中的一切都富有诗意，她对日常生活的捕捉、感悟和描述的能力，也是她诗歌多姿而多彩的一个很高的体现。

……

总之，李慧不仅情感丰富，多情多思，具备诗人特有的气质，她的创作题材也是多元多边的，一切皆可入诗，同时其写作手法亦是多姿多彩，丰富多样的。一身诗意千寻瀑，万古人间四月天！传统的四大文学体裁中，诗歌一向被称为“阳春白雪”，其实，诗是艺术皇冠上的明珠，若想摘这明珠，除了天生的禀赋，还要有不懈的努力，以及诗人的经历、见识、勇气和胆识组成卓尔不群的鲜明性格等等都很重要。尽管李慧的诗还有一些不足之处，或许她从“小我”走向“大我”还有一定的空间，需要“等一场提笔的繁华，等一场落笔的绚丽”，但是作为一个初出茅庐的年轻女子，她无疑是当今诗歌大花园里一道亮丽而独特的风景线，她的才思与情感的融合，使得她的作品有一定的生命力。

雅心千古上，慈汗一尊同。我很喜欢李慧“雅心”这个笔名，雅人深致，心之所往。日光流年，我们每个人都会被岁月裹挟而去，曾经的炙热可能逐渐变得淡漠，可是我相信李慧的诗心将日益成熟、持续炙热，因为那是“花间最软的念 / 风里最暖的诗”。如今，她的处女作《最美的遇见》付梓出版了，让我们随着翻动的墨香书页，慢慢走进她的内心世界，邂逅这个温润淡雅的女子，透过她富于智性之美的文字，体会她灵动的思绪，品读她的清丽婉约吧。

（曾万紫，女，中国作家协会会员、海南省作家协会理事、海口市作家协会副主席。著有长篇小说、励志书籍、非遗纪录和散文随笔集等作品十多部。现为海南科技职业大学副教授）

目 录

第一辑
你是花间最软的念

第二辑

你是胸口最暖的诗

第一辑

你是花间最软的念

读你

爱人，读你
最好在雨季颇多的江南
铺一条忧愁的小路
再放置多情的青山
还有一条窄窄的乌篷船

所有的惆怅都碎在了江南
碎在了悠长的窄巷
碎在了连绵的雨里
碎在了轻柔的伞下

你就站在那里
望水，低吟，隔岸，临风
不动声色地用一朵丁香
打开我灼灼的明媚
多少年了

我爱着你所爱的江南

握着你所握的南风

我把幽怨飞扬

把牵念蔓延

如失魂潦倒的诗人

醉入你的江南

这生疼的愁绪

我瞒住了东风

却无法逃离你的烟雨

从南朝淋湿至今的江南

爱人，此后读你

便在江南的最浅处

彼此站成永恒

那深不见底的相思

一头是你

一头是我

你且在江南

我便凝眸望向你

权当与你重逢了

三念你

初念你

便是春波荡漾，十里桃花开

念在唇边，也能开出诗三百

你坐丰了桃红，婉约了经卷

我在一朵花里绝地逢生

在一字箴言里落笔绝句

只是为了与你

在春天的第一章就相拥

而你并不知道

水绕了万重山

你却贯穿了整座城

再念你

已是南国生红豆，百里催断肠

念在胸口，也能捧出一个朝代

这一路

我用西风告别古道

又以月色照你归程

只是为了与你

在秋天的最后壮美重逢

而你并不知道

比红豆更红的，其实

是一场入骨的凝望

后来念你呀

光阴已褪色，奢念已减半

把日子翻老了

把黑发翻白了

连同你也一起念老了

颤颤巍巍的舌根下

唯一典藏着你的名字

还有你剩下的每一个黄昏

执念

今夜

就着一弯月色

执一支清瘦的笔

不为临摹你的模样

只为触摸你的指尖

吟诵排排唐风宋雨

不为轻舞一只红袖

只为抵达你的万水千山

我匍匐在一字一句

不为阅尽经年秋水

只为遇见你的温婉诗意

我朝圣在小词小段里

不为膜拜你的繁华与苍凉

只为贴紧你的温度

你是我不止息的遐想

痴缠了一季又一季

我夜夜翻读诗集

千遍万遍低吟生香的小字

只为寻找你种下的一枚心语

你娉婷地蜿在我的心湖

燃烧我灼灼的思念

你是我今生唯一

唯一一次执念

我藏在诗的韵脚

与你共贪凡尘一世

想在暮年遇见你

我想遇见你

并不在最美的年华

等人烟散去

把一朵桃花，一个雨夜

从身体慢慢掏空

最后

将所有的光辉逐渐收敛

用我满脸的皱纹

去遇见你满眼的风霜

因为我早已向春天

预订了你的暮年

我身披斜阳

你迎着余晖

目光交集、闪烁

我们皈依了

最初的相见和相知

终于拥抱住迟暮梢头

你眼角留恋的泪痕

有我暮年绽开的模样

许多往事早已靠岸

我只想与你

在一碗粥里品人间烟火

在一杯茶里赏余生浪漫

最美的遇见

爱人

遇见你时

风吹得如此安静

你深情地凝望

蓄满我醉红的诗笺

你看

那些清凉的词汇

羽化成缕缕馨香

氤氲成你诗意的酒窝

我说

你看，白云来访

一阕瘦词在轻轻起韵

落在我湿润柔软的眉间

琴瑟悠悠

婉转了荒芜的等待

你说

露珠懂得绿叶的守候

微风懂得秋天的清愁

如果烂漫有约

那就

十指相扣，且为卿心

如果有一天

如果有一天

我恋上了炉火旁

困倦的黄昏

请不要悲伤

更无须哀愁

我一样会在

那样一个黄昏

波澜不惊地

偷偷落幕三千繁华

当我双目紧闭

靠着炉火打盹

请别责备没心没肺

一定要升起炉火温暖我

当我双腿软弱无力

请别匆匆离我远去

一定要耐心有力搀扶我

当我开始口齿不清

请别急躁不理不睬

一定要心领神会理解我

当我思想单纯，目光呆滞

请别抱怨，多点慈祥

一定要陪我精致梳理

慢慢回忆一雨一风

如果

如果真有那么一天

在老去的时光里

你是否愿意陪我

安静守望归宿

守望生命的轮回

春天到底还是诱惑的

这个春天到底还是诱惑的

当我把自己想象成一朵桃花

体内私藏的焰火便蠢蠢欲动

我给每一片花瓣念咒语

也赋予它们动人心魄的欲望

遇见你之前

我在诗里策马扬鞭

站在诗外兴风作浪

写天地凛冽

写人间辽阔

只字不提这些年

无处安放的贪念

遇见你之后

我在八百里疆域

翻遍了江南二十四番花信

洗白了一万万朵桃花诗

训练惊蛰隐蔽在枝头

书信春风喊出暗语

你且一来

便制造一场纷纷扬扬的桃花缘

还有兵荒马乱的热烈

这个春天到底还是诱惑的呀

你是花间最软的念

我是风里最暖的诗

我撕碎了黑暗

我撕碎了黑暗

屏蔽了满目荒凉

本想站在

破碎之上点燃朝阳

谁知人间一地碎片

照见了我的不甘和心酸

可我依旧相信风有方向
光也会精准定位
相信瞳孔习惯的
未必只有黑暗
也一样会看见光明
胸口也能卷千重浪

我撕碎了黑暗
望见星光点点
双手捧着光
一半璀璨前半生
一半照亮前行之路
柔和的光走在我心上
我从心上走向黎明
才发现万丈光芒
也不及自己的光耀眼
不及自己的光透亮

这一次

这一次

你要开始仰望苍穹

看天光云影交相辉映

看远山近黛此起彼伏

即使乌云参半

即使星光低沉

只要辽阔的心

与广袤的天地紧紧相连

生命中便有足够的间隙

去凝视每一方晴空

去拥抱每一场温柔

体内的万物郁郁苍苍

胸中的丘壑明明朗朗

这一次

你该在苍穹之上

碰撞一条思想的银河

纯洁、生命、永恒

以相对论的速度

穿越寂寥、冰冷、黑暗

又以日月的翎羽

许下一个明媚的承诺

燃烧

是为了点燃更多的火

活着

是为了点亮更多的光

这一次

把心拓成四季

给征程钉上金钉

阳光透过的理想

一定最灿烂最唯美

我爱你是孤独的

青春燃烧后

再无繁星满天

只剩灿烂的孤独

可我爱你是独孤的

我爱你独孤时的苍茫

那一刻

生命才开始辽阔

足够经得起

一场雨，一个寂静

还经得起

怀抱巨大的爱

去向更宽的远方

我爱你独孤时的自由

那一刻

足够让我深情端详你

永恒而不失自我

富有而略带悲伤

浪漫而不忘怜悯

安静而怀有思过

我爱你是孤独的

爱你侧脸带上风尘

爱你背影沾满雪霜

如此平静地

和你消耗你的孤独

三十岁之后

三十岁之后

站在里程碑式的分界点

你要开始拥有

一颗沉寂而宽广的心灵

原谅生活给予的荆棘

原谅世间给予的薄凉

回赠这混浊的世界于玫瑰

于深情

带着火热的思想

抒发澎湃的诗章

听见浩浩风声

就赋予悲悯

看见茫茫原野

就赋予生命

让广袤无垠的草原

献出雨水与阳光

让万物在你怀里发芽

让思想

在你灵魂深处奔涌而出

有些成长

必定要经过热泪，重生，顿悟

有些力量

必定要拥抱荒原，雪野，湮灭

才能成就灵魂升腾的开端

才能成就生命永恒的高贵

若可以

若可以
请于幽兰绽放的季节
为我轻织一世情缘吧
告诉我
你也悠悠断肠
告诉我
你也痴痴迷恋

我在寂静的山谷
早已为你扣动柔美的絮语
告诉你
我也久久绽放
告诉你
我也脉脉含情

一个人的空谷太孤寒

一个人的城垣太落寞

请于幽兰绽放的季节

款款而至吧

不期许，不承诺

彼此璀璨就足够

若可以

请于幽兰绽放的季节

你做孔子演奏的一曲幽怨

我吟一段低头的温柔

在飘飘忽忽的风里

在摇摇晃晃的人间

你是我坚守的一抹幽香

是我绽放的所有深情

雨的情怀

连绵的小雨

为何你来时淡淡轻轻

去时又轻轻淡淡

又何故无端平添

那悠长又悠长的思绪

我沿着遥远又遥远的天际而来

我有一些青涩

又有一些缠绵

我藏不住喜悦

亦藏不住惆怅

拍打着众生

宣泄着一丝丝情怀

你收拢着细碎的闲愁

你可是屋檐下

滴落的几瓣雨声
还是飘飞在
眉宇间的琴弦心曲

雪域中
我是怒放的雪莲
在江南
我是寂寥的雨巷
深夜里
我是寂寞的心忧
你是一阕一阕的相思
你是一湾一湾的泪水
你是一闪一闪的生命
你是一片一片的旷达

那一夜
我把愁思舒卷在
易安居士的芭蕉

“伤心枕上三更雨”

断了肠，惹了月

那一世

我将胸襟敞开在

东坡居士的竹林

“一蓑烟雨任平生”

世态炎凉又如何

人生跌宕亦无恙

终是“也无风雨也无晴”

我有万千柔情丝丝滑下

亦有千般从容踽踽而行

倘若不经意落入你的掌心

请你，请你轻轻地

轻轻地读我

淅淅沥沥也好

倾盆大雨也罢

皆是洒脱物外的生命在灵动

幽居文字里

许多年了
我一直幽居文字里肝肠寸断
生怕此生与它陌路两行
总在夜深人静时
携书香悠悠而行
不吹散一席相思
不滑落千年斑驳

一字字一句句
赤裸裸的心思
在这里酣畅淋漓
砌一墙诗词
醉倒在秦时边关
与明月对酌
衣袂飘飘，悠悠远远绝唱
《诗经》的风，《离骚》的雅，《春秋》的颂

试问当年长安烟火
是否阻止了江南烟雨
可曾淋湿了姑苏城外的钟声
客船主人可曾回眸一笑

琉璃屋檐下的风铃
日夜倾诉千年孤寂
不眠不休翻阅春华秋实
庄周的蝶究竟梦回何方
姜太公的诱饵到底为谁埋下伏笔
一壶老酒不念相思
只与清照彻谈人杰与鬼雄

终是横竖撇捺惹了初心
弯折勾动了方寸
那生香的小词小句呀
娇艳妩媚，清新细腻
璀璨深远，典雅端庄

注定在文字里归隐

在墨香中飞舞

如此包罗风情万种

优雅完成生命篇章

有缘人

要如何告诉你
春天感谢一片绿叶
秋天感激一段光阴
而我，一个来自
前世的化缘人
虔诚合掌
感恩生命将你
恩赐予我

他们说遇见
需要一场雨的距离
你却是我在莲前
用一滴泪换来的宿命
可我，能给你的不多
只剩一棵小小红豆
愿你种在胸口

来世还我一树烂漫

情抒眉展

悠悠我心

这一路有你

阳光柔和

风雨平和

即使遍体鳞伤

依旧觉得人间和美

因为呀因为

在你灵动的眸子里

读出了温暖

还有生命的芬芳

纵使昨天苦不堪言

纵使未来无法预测

你依旧是我

最后的勇敢

也是我

最后的软肋

人生这段旅程

拥有你

我已经足够

先生

先生

昨夜雨疏海棠泪

一窗风骤几花留

凭栏遥望

怎一个惶惶

剪不断城南旧事

望不穿异乡冷暖

先生啊

今夜拾念写小词

一停一顿皆是你

孤寒不尽

怎半盏清愁

诉不尽凉亭离别

问君可否枕相思

先生

那年风雨依然

今时海棠依旧

红笺新词惹谁疼

先生

小楼听风空无月

问君几时方解愁

我想去的地方叫思念

今晚

夜色染上玫瑰

漫过河流，漫过山冈

最后萦绕成一枚

最深的悠云和月亮

肆无忌惮地占领着

我的整片原野

风，依然是最初的姿态

念，依然是最初的温柔

只是我以旋转的姿势

望向有你的苍穹

那里还有个未兑现的约定

多少个燕去燕回

多少个花开花谢

肥了相思，瘦了期盼

啊！长夜绵绵

笔墨飞花常把柔情安放

执笔叩问相思是否有边

情深深，意浓浓

留下不羡鸳鸯

不羡仙的独白

我想去的地方叫思念

一枚莲的时间

等千百次回眸跌落指间

我将所有情愫

捻成一枚莲的时间

独坐在薄凉的尘世

不问是劫是缘

只为守候你的到来

你是我经筒间转动的寄语

你是我莲子前换来的今生

在黎明或是黄昏

我用一枚莲的时间

写下诗句两行

你可见我眉间痴缠焦灼

你可见我眸里山河远阔

我虔诚合起手掌

不问是远是近

你是惊鸿一瞥

亦是一眼万年

你是三生石上阕阕弦歌

清瘦了多少个秋水长天

唱尽了多少个人间守候

悠悠远远，凄凄切切

你在静静的转瞬间

繁衍在我心里

滋养成不可言的心事

不贪不倦

只为你

一次花开一次零落

多年以后

写过很多故事

看过很多风景

多年以后

当我回首这段时光

你依旧是

点亮我记忆的那盏灯

多年以后

想起你

想起那些

与你一起来过的风

温暖过花径上的香

温暖过草木间的软

此后你沉淀成

我藏在心口的风起云涌

想起你

想起那双浅笑的眉眼

像静静开合的莲蓬

盛满了温柔，装满了星光

写满了春秋，存满了山海

此后我便在一朵莲里修行

想起你

想起被你跌落在

月光下的诗行

早已染上了风华

憔悴成一阕宋词

多年以后

我一样会养着旧时光

会含着泪一读再读

多年以后

茫茫烟尘

你落在我生命里的暖

落在我余生的百感交集

站在一首诗外想你

燃字凝情，煮字成诗

缔结的情缘种在天涯路

等风起，等花落

那一阙阙的相思

坠入谁的词章

摇曳出一首首细腻的小词

折一段老梅的眷恋

悄悄呢喃成春天的伏笔

千树万树挂满氤氲的等候

埋下千百度后的缱绻

掩了几分期许

藏了几分娇羞

三世辗转，三生清念

天青色了，在等烟雨

月色初上了

你却肥瘦我一纸一纸的思念

我生命的万水千山

从你的眼角

婉转成彼岸花开

古亭风花

散尽了飞鸟的繁华

笺纸悠长

长过了日思暮苍穹

一首相思

读不尽千年眷念

泪眼执手两依依

我想你了

一日三秋的别离

占据着整个缠绵的夜

侵蚀一缕缕眉宇间的愁绪

所有的思念在顷刻间决堤

我抵押上每一块骨头

却无力挡住

朝四面八方涌来的思念

擦肩的风是你

抒情的叶是你

夕阳将熔的山巅是你

湖畔清悠的箫声还是你

远山早已后退几万英尺

我的一声呼唤

就能私放一匹野马

逃出自己的掌心

奔走在有你的关隘

那一串长长的蹄印

踏破忧伤垒起的城墙

与我的血液拼命相接

亲爱的

我想你了

你看

骨缝里一棵菩提早已成荫

我就在这里

我就在这里

夕阳下，小径上

放下清冷的月夜

带着我的春天

等你

如雨而至

如风而来

东篱桃花一次次灼灼其华

我唯愿摘一朵前世的缘

退到风烟俱净深处

静静等，默默爱

闲暇时，你在我心上

温柔了我的思量

提笔时，你在我眉间

浪漫了我的山河

东篱桃花一遍遍淘洗相思

我唯愿流一河今生的分

静静守，浅浅喜

一池想念丰沛了

清瘦的流年

你来或者不来

我就在这里

将守候唱成一首轻歌

将守候站成一道风景

别过秋水长天

你是我这一世的安暖

用一片绿叶爱你

如果来世依旧是今生的重逢
且让我为你珍藏一片绿叶
当人们把所有的吻给了花香
我想我是一片等爱的绿叶
佛前的五百年太漫长
不忍看你步履蹒跚把我寻
我只想
只想玉立在树枝的最高处
到那时，风来或不来
我依然舞着绝美的芭蕾
等你用早春的阳光把我找到
那么
请你将我轻轻摘下吧
我会告诉你
请你握紧绿叶的森林
因为我的爱表达得够绚丽

而你

你也会用盈盈的泪水

以挚爱的名义

将我别在你的胸口

旖旎着不误的记号

风中花事

如果你愿意

我想把你唱给风儿

依偎在清幽的心溪旁

看它如何将红尘执念

徐徐侵染成万紫千红

无关季节来去

无关花事未央

朵朵思绪

传唱饱满的期盼

瓣瓣絮语

悠悠落进百褶裙

淡淡欢喜，浅浅娇羞

我在一眼花蕊里

画心且浪漫

还要借着月光的指法

裁一缕

平平仄仄的清辉

一片柔情轻舞鸟的翅膀

沁醉了你的阑珊

还有我的灯火

渡口

我没有柳絮的飞扬

来作别我的忧伤

亦没有兰花的馨香

来装扮我的惆怅

我只好在离别的渡口

牵一片云朵

裁剪成彩蝶的手帕

别在你的胸口

轻轻抽出握紧的手

与你痴痴作别

眼角的炽热肆意泄露

我恋着的

不只是你的前行

还有那身后一地的月色

等你

映日荷花还未红

我便入驻在蜻蜓的翅膀下

开始默默等你

心潮浩瀚无涯

依旧泡养老不去的思念

精准点水

不拨弄碧碧荷叶万断离殇

徐徐调匀风的暖意，夜的微澜

一波波，一浪浪

盈盈晕开色染的相思

精心打理一段盛世的芳华

当清荷催生出涨满深情的邂逅

希冀颤音

只为填满一个无可翻唱的你

再谱一曲幽兰

涟漪丹田的等候

片片情愫赋予顶顶荷叶

窃窃心语曼妙临水照花人

寄一枚北国之雪给我

我在江南之南

隔着一株蜡梅伫立了多年

始终没有等来一场年轻的雪

你说北国之雪就在枕边

只念万物不念离殇

那就寄一枚北国之雪给我吧

我就住在江南以南

早已备好

一壶老酒，一盏温茶

足以温暖这多情的等候

你说你放进了苍凉辽阔

放进了铁马冰河

放进了粗犷胸膛

放进了深沉力量

我在江南之南

以寒冬的妆容漫卷西风

看长风舞越秦岭

看雪花渡过长河

星月疾驰抵达我的疆域

靠近，依偎，心动，感动

我们以蜡梅的形式相拥

又以留白的方式消融

在狂野中，在期盼里

感叹生命以另一种形式洒脱存在

啊

北国之雪不是雪

那是高粱隐退后催生的思念

是辽阔原野唤醒的生命

是金戈铁马远去后留下的遐想

是茫茫天空盛开的思想

我在江南以南

读你北国之雪

看一眼把豪气填满

攥一把就雄心澎湃

遇见初雪

假如你问我

这一生最美的遇见是什么

我想

应该是一场清凉的初雪

在这个繁杂的尘世

一颗心

历经波澜壮阔也好

大风大浪也罢

三季过后

都只是为下一段故事的续写

一铺再铺

那就

让一颗初心遇见一场初雪吧

在纯白纯白的思想里

寻找一处

最合适自己的落脚点

用不失风雅的心跳

熬成一只长了翅膀的小鸟

在一朵潋滟的初雪里

酿一个关于春天的梦

惜别

有一首歌藏在心底
比滑落更酸涩
有一个人捕捉在眉间
比说出来更动容

曾以为玫瑰有娇艳
落叶有凄美
直到南飞的雁也归去
拟好的诗行早已黯然

才蓦然惊觉
比季节更难留的
是风中的依依惜别

等我老了

等我老了
择一座小院浅浅
有流水映着宁静
有狗儿陪伴黄昏
有藤椅可以小憩
有木门守着清欢
最后把春天请进院里
把赏过的风景再赏一遍
把心动的岁月再心动一次

我以朝圣的姿态停泊
就地起庐静守岁月
你不再行吟江南
我不再策马关山
依旧以入青帘的方式
读一本诗集，写一页小词

看晚风晓吹一行一行的青春
看黄昏照见一步一步的暮年

我执笔写下似水流年
却再也写不出青春模样
再也写不出放荡不羁
笔墨淡色，生命归真
可我还是会
写下一生奔赴的山海
写下慰藉余生的篇章

假如你来看我

恰逢种植春风和诗意

我会捧一本泛黄的诗集

读给你人间美好

都给你未来美好

遇见爱情

当你从优雅的时光中
缓缓走来
旧光阴像一件古老的乐器
琵琶一样你轻轻弹起

当月亮是一棵古老的榕树
你在月光的枝叶下
静谧小憩
当一切归于原始
青春的火苗如初恋的红唇
浪漫且温馨

那么
我正走向你
回到年少时清纯的模样
回到响着流水的泉边

子弹横飞爱的心脏

我正走向你

你也正走向我

温暖地

照见了彼此的影子

在春天的田野里

相信了爱情

一剪寒梅，一剪闲愁

偏偏翻阅了一部经典

偏偏又见了一曲绝唱

与消瘦的月亮

途经易安居士的诗词

惶惶岁月，纷纷扰扰

没有青莲高雅的步态

没有玫瑰醉人的爱情

将千里万里怀抱而来的情愫

种植在依依古道旁

推窗问阁

一剪寒梅倚栏观望

几度芳菲，几度迎雪郎

层层韵脚，尽染朱砂一阙

依依凝眸，弄湿暗香一缕

一骑红尘在素笺上

惊扰了无数次唐风宋水

他醉了的青衫

悠然跌落眉间心上

点亮了藏匿已久的暗香

诗意了梅白雪红的绝恋

因为爱你

因为爱你

我想学树叶

在晚风微扬的那一秒

轻柔地吹一支小曲

因为我的喉咙里

滋养了一个粉红的名字

因为爱你

我想学彩蝶

在野杜鹃绽放的那一刻

翩然地舞一段探戈

因为我的衣襟里

兜满了藏不住的秘密

亲爱的

如果你来

我还想

还想从我胸口的位置

捻指掏出一首小诗

让它从我的手心抵达你的手心

烟火人生

严冬过后

我将动身南下

听说那里的风已经到了山顶

我要把她带来的春天

等同冬天的寒冷一起点燃

人间并没有唾手可得的浪漫

亦没有坐拥而成的潇洒

谁的人生不是在白天

攥紧光阴谋生存

又退回到一个人的夜里

悄悄抹去大片大片的泪水与委屈

黎明破晓时分

胸腔还得重新辽阔

还得掏出大把的希冀

开赴在风雨路上

终是深一脚浅一脚

小小的身体小心翼翼

穿梭在琳琅满目的人间

试图在泥泞中围剿众多不堪

用结痂的手

剥落暗淡的底色

风雅上演烟火人生

假如不曾遇见

假如不曾遇见
彩虹可否还会偷饮
那掩埋半世的女儿红
从唇齿到血液
滚烫的何止是你的体温
还有你的心
总在细雨纷飞后
从深谷之底
固执地把天涯痛饮成咫尺

假如不曾遇见
秋天可否还会窃听
那沧海桑田的风中花事
不知是流年荒凉了一川山河
还是山河期许了流年温柔
枫叶终究载不动太多的愁绪

秋天便在一片枫叶中落地

假如不曾遇见

我又何尝相信

一尺眉头能让天崩地陷

苍绿的流年里

你是我惊鸿岁月里

最抒情的秘密

将爱进行

在爱的波心里

没有谁早谁晚

在情的波纹里

没有谁远谁近

只要爱情的小舟

还栖息在星海里

只要心房的彼岸

依然如花开正浓

那么

我在春天向你驶来

趁夜色微凉

趁曙光清远

在我凌乱的诗行里

你我的舞步

纵横交错，从未叠加

却印上了月亮的天窗

星子的梦呓

今夜，你会品读我的诗行吗

今夜
你会品读我的诗行吗
我的诗行是一支瘦笔
拈着柔情不写忧伤
只说遇见
如何婉约荒芜的心田
思是缘的起点
念是诗意的靠岸
提笔落款皆是
倾城的思念

今夜
你会品读我的诗行吗
我的诗行是一缕月光
点亮心事不说彷徨
只诉衷肠

如何照亮一世情长

爱是情的约定

恋是清美的期许

颔首低眉皆是

眸里的万千景象

今夜

你会品读我的诗行吗

今夜

你会品读我的诗行吗

如候鸟相依

我常常在想

你和我是两只相依的候鸟

发亮的梦想栖息在羽翼上

再捎上炽热的阳光

恰到好处的并肩

恰到好处的远行

幸福种在沿途

静静发芽，静静开花

无须惊天，无须动地

皆是眸中壮丽的山川

光阴总是寸寸短

我们从不定格

世间所有的美丽

接受骄阳

狂风也一样欣赏

长长的跋涉拢在翅膀下

翩然降落时

定会展开一片生命的绿洲

如果有一天

我无力前行

你也会降低最合适的高度

让我沿着你温柔的轨迹

安宁飞翔

直到灵魂寂静

雪夜

在一个飞雪的夜晚

梅花开了

淡淡地吐露着迷人的香

我没有走进雪的深处

不知晓这雪也似梅花娇媚

我知道

这如梦境般的景色

会在冬夜里如诗般地升华

所以我深爱着这样的景致

我想象着来年春色旖旎

原野里开满了幽香的花

多年后

再次回忆起这样的场景

我便无限地感慨

哦

走过了的冬，走过了的春

我在人生景致里轻轻抵达过

多少往事如烟

一如花开花谢

啊

雪夜里这些闪闪

闪闪的琼花

如何婉转了我眉间的浅念

如何温润了我眼底的泪花

一泓秋水

高山

我爬过

湖海

我越过

偏偏你这一泓秋水

是我用尽一生

也无法蹚过的柔波

所以我

化作绿云，化作红雨

等你

在墨韵的微风中

读你

在水色的晨昏里

因为呀因为

一沙一石是你的温度

一花一木是你的枯荣

我已长发及腰

一场杏花雨，一树樱花醉

花开花落，雁去雁来

我推开轩窗

无数次立在风里雨里

任风荡开或轻或重的牵念

任雨撞击或淡或浓的缠绵

清风明月下，日暮山水间

那些镌刻的约定

兑换半生的情怀

你说待到鸳鸯泛绿

与我轻风绕蝶

我说待到双燕归来

同你深锁云烟

你说待我长发及腰

与我共挽斜阳

我说愿倾三生情缘

与你一世修好

多想托起入骨的相思

委托微云捎向你的眉间

多想点燃滚烫的烈焰

交付星子照亮你的归程

时光偷换了谁的笑靥

朱颜渐改，堪比黄花瘦

风雨几度，虔诚几许
倾诉堆积在天涯深处
守候续写着海角别离
今夜，对月梳妆
我已长发及腰
君如约归来
可好，可好

你的名字

你的名字
是我这一生写过的
最美的短诗
在我芳心的一隅
恰似一只多情的候鸟
拨弄一潭春水的秘密
我在秋的原野处
把万水千山
浇灌成候鸟的归林
再把你的名字
隔着岁月的长河
小心翼翼嫁接在枝丫上
静静地
等一场提笔的繁华
等一场落笔的绚丽

不是

我不是一座城
只是你不经意地一次驻足
我不是一首歌
只是你莫名哼唱的无字旋律
我不是一处风景
无法让你频频回望
我不是春华，不是秋实
不是沧海，不是雪月
我只是一缕
一缕青涩的微风
偶然飘落在你的凡世
执着抚摸似水温柔
随你而行，随你而安
缱绻负担不起的眷恋
缠绕在你青春的发际
浪漫于你馨香的指尖

多年以后

我深深浅浅懂得

那一季涟漪了你的波澜

我却理不清一世情牵

扶起困倦的霓虹灯

独孤地自由

独孤地歌唱

恋你

你的一个微笑

在我便是一个春天

你那紫罗兰的酒窝

俗世中的我如何躲得过

你的一次回眸

在我便是一碧泓水

你那深蓝色的明眸

汪洋中的我又如何蹚得过

我的心房如此透明

藏着一颗灼热的水草

此刻

我轻捻一指花瓣成词

一首和你有关的诗

落进陌上红尘

这一程便是往后余生

画你

折一枝青绿的柳枝

顺着眉间灼灼纹路

画一幅有你的丹青

春天起笔，刚刚好

起笔画韵脚下定义

遇见你

像一棵树遇见春天

我的春天在你眸底延伸

一丝柔风细剪柳

不及你清骨俊秀初上妆

沧海泱泱

你是惊心动魄的那一朵

映出我眸里燃烧的火焰

从此

西风古道，长亭落日

眉间心上总荡漾一个

有关你的春天

花非花，雾非雾

无一是你，无一不是你

我用一生的时间奔赴你

倾尽柔情抵达

你的万水千山

你眸里闪动的温柔

是我挣扎几次

想描摹的一世烟雨

你走来

一日不见如隔三秋

拥你入怀

三秋不过一日

落笔，在眉底眼梢

画一份相思千里

画一份最近天涯

画一份执手为家

只为安放世间

有你的春花秋月

只为安放世间

有你的春花秋月

冬恋

你在雪里

我在雪外

冬日我们平分了冬色

整个冬天都被你浪漫

除了这飘飞的雪

还有你的热烈

你的温情

都在轻轻飞扬

而我恋你的心

犹如这纯白的雪花

追着星月，赶着云帆

心海上掀起层层浪涛

任凭寒梅俊悄悄地绽放

也不及你含露的明眸

悄悄润了色

又无声暖了情

我站在雪外

听雪唱了

一个又一个的冬天

而你

成了我不能缺席的人间雪

半杯酒

今夜，月朗星稀
有草的心在动
有花的脸在红
像极了
登上易安居士兰舟的我
隔着一株红藕吟风倾诉
一杯不浓不烈的酒
我只饮半杯
在芬芳里
饮下这一生最美的际遇
后半杯留给你
在风雨里
饮下这一世眉间的相随
待到夕阳泛晕
我回眸你还在

你幽居我心上

流光一年年
你依旧是我的宛如初见
宛如你轻轻而来
宛如我满心盈动
我用前世的伏笔
写下今生的缠绵
陌上万千美景我不恋
执一念情愫给你
将你妥帖收藏于
我的山长和水阔间
只因看尽风月皆是你
你是我难以抑制的兵荒马乱
你是我难以移步的永恒初衷
你是我难以更改的清欢小字
你是我难以掩饰的珠泪几行
落红深处，记忆枝丫

总有三两朵牵念之花
娉婷于眼底眉梢
你念，或者不念我
痴痴情牵在晨曦与暮色间叠加
你懂，或者不懂我
依依思念在花开与花谢间缠绕
你沦陷了我的经幡
那一季吟诵的诗句
成为我温柔的缕缕梵音
天荒万丈，地老三千
依旧缱绻青丝换白发
红尘风月
我只借你一程
你却幽居我一世

给你的情诗

今夜

我在西子湖畔

就着月光里泛滥的惆怅

给你写一首生花的情诗

因为

一念相思起

再念相思乱

我的诗句是星光遗下的句点

我的诗行是绿荫蔓延的花事

风吹

掀起爱恋的褶皱

云散

撼动等候的愿景

我知道

我深深地知道

我的诗篇早已染上紫色的相思

而你却是我款款落笔的惊艳

我想写

当我提笔

想写小灯醒，黄昏低

写微微晚风绿叶弄影

想写山高路远，隔岸临风

想写春水故人，秋意萧瑟

写人间辽阔

写世事沧桑

写娑婆世界

我该如何与岁月翩跹

又该如何赋予时光清浅

想写凭栏

却把心事话与清风

想写愁烟

却把寂寥话与明月

只此

写相思丰满人消瘦

写晓月清冷独唱晚

写笔尖生香

写落笔成阕

写你惊扰我一世风雨

写你击破

我那如履薄冰的心

只此

声声是你

声声不是你

春天，走向你

当季节交出最后一个时令

我知道

挡不住莺飞草长

正如我

还来不及有致铺排万亩桃花

一场宿命的遇见

早已攻破花期

一些有关你的温情

正在策划着排队走向枝头

我多想是一阵

堂堂正正的春风

摩擦出足够的温度

诉说千般柔情总是春

你在山之巅，水之湄

以会意的姿态

总把思念的缺口填满

几滴轻落的泪啊

总是反射昨日相见的欣喜

悄然供出一枚清澈的期盼

你是这个季节最美的诗情

是我唯一鲜明的画意

所谓爱情

点一盏青灯

牵一轮圆月

安详的陋室里

你在执笔伏案

我在轻声阅读

偶尔调侃一句

偶尔还有虫鸣奏曲

我们相视一笑

便觉十分美好

鲜花不簇拥又何妨

风儿不来访亦无恙

诗和远方怎抵得过

伏案的沙沙，阅读的琅琅

你侬我侬

这样算不算高山流水

算不算琴瑟之约

你是我今生最美的修行

红尘陌上，岁月冗长

我不知道要历经几次轮转

要放逐几回清风

才能挣脱一滴泪水的闭关

于无涯的荒野里与你幸福重逢

这一路

我带着几世积攒的缘

与一朵莲苦苦商量

我们的来世今生

将发芽的相思

种植在 206 块骨头上

喂养成千丝万缕的原野

在每一处缝隙里

慎重做了不误的记号

好让你在重逢路上

不隔山不隔水

抬眼就能清晰辨认

到那时

高高低低的眸子里

微微流动的不是酸楚

而是人间值得

因为你是我今生

最美的修行

我的左手你的右手

我的左手握着一亩原野

白云来访过，蜂蝶驻足过

我却用三两春风

种下所有的思念

沿着一场又一场的星辰

吟出我半生的小诗

等到青烟落枕

字字成词，行行成阕

我以旋转的姿势

转向有你的苍穹

将际遇种进没有季期的原野

不去责备流浪的脚步姗姗来迟

只在晨曦，只在黎明

只在你到来之际

秋霜、凝露、相思、热泪

统统同期绽放

我那沁入灵感的左手啊

轻挽将饱满的缘

颤颤伸向你的右手

而你的深情

将秀美的浅吟

攥着绵绵不绝的惦念

如约交付于我的左手

趁一缕月光，呆坐窗前

倚望那如重墨泼洒的天空

放满思绪

简单的心如春风吹拂的杨柳

钻出一脉执手

如千丝万缕地缠绕

心归处

我徒步走在荒凉的戈壁

问过背风的骆驼

漫天的飞沙下

可否见过我心的沦陷

我泛舟行在潺潺的溪流

问过摇曳的水草

动容的浪花下

可否见过我心的缥缈

我抚琴弹在柔媚的春风

问过翩跹的彩蝶

娇羞的桃花下

可否见过我心的忧伤

我清澈的眸子

依然秋望归雁踽踽而行

只是啊只是

你可否望见绿肥红瘦的思念

早已幽居在鸿雁的赤羽

滋养了我的心归处

三月，许一段岁月安暖

三月
一段很轻很轻的时光
是春天的十里柔情
恰似住在心里的良人
柔软轻叩岁月门楣
用一抹清宁
唱一首红尘别陌
沿着被唱绿的春风
惊醒这一春柳绿桃红
从枝头找到春天
从百花找到鸟鸣
再从露珠的明眸
掬起纯白的月色
如果遇见有芬芳
一定要选择春天
如果思念有温度

三月该是最美的季期

单纯优美又深邃透彻

用淋漓的句子

叙述彼此最初的温柔

一朵花缱绻一个春天

一个你照亮一个流年

裁三分春色烂漫

许一段岁月安暖

告诉我，雨滴

告诉我，雨滴
你是怎样成为雨滴的
是云聚的一刻
还是风动的一刻

告诉我，雨滴
你是怎样挂上我眉梢的
是抬眼的一刻
还是凝视的一刻

告诉我，雨滴
你是如何落入我心房的
是花开的一刻
还是草青的一刻

告诉我，雨滴

你是否曾忆起我

当你远行的那一刻

当你什么也没有留下

我喜欢绿色

我喜欢绿色

不只是因为小草钻出地表

也不只是为留白让了道

我的心是一座荒漠

尽管雨落风来

你是我唯一能辨认的绿色

是我苦等半世的清幽之景

你以清新的形状翩翩流动

流进我干涸的心灵

我喜欢在这里谛听

有湖水在荡漾

有鸟语在婉转

美得单纯又如此盛大

脱俗的风景

与我的宿命紧紧相依

我恋着你绚丽的气息

你也巧妙地丰美了我的灵魂

就让心与心重叠

就让舞步与舞步交叉

因为你是绿色的

我的梦也是绿色的

如果人生是一场相遇

如果人生

注定是一场相遇

如果相遇

可以选择一个时节

凡尘远路

我希望

你从最淡最淡的冬季走来

你走来

不带一枝桃红初妆

你走来

不带一缕枫叶惆怅

你走来

不带一片云朵游弋

你走来

不带一只鸿雁南飞

只以最沉淀的姿态

落成我生命里

一抹浪漫的剪影

我以最经典的方式

闲坐在

风烟褪去的诗行中

脉脉等你轻盈而至

这个冬季

找不到一朵玫瑰

别你衣襟
只好掏出半生小诗
抵达你的掌心
深深浅浅
平平仄仄
婉转倾诉几度推窗
又下西楼的守候
恰似一枝红梅
只为一场雪绚烂

最是那一抹疏影横斜
最是那一泓水韵清浅
是我想和你一起
留白世界的理由
因为最深情的
不是彼岸山寒水瘦
因为最动容的
不是陪你姹紫嫣红

红尘枯荣聚散

我只想与你

用思念取暖

照亮彼此的美丽

今夜，月光如你

今夜，月光如你

阴也风度，晴也翩翩

顺着窗棂落入书案

惊了我的笔尖

韵了我的诗行

每一首乐府借着月光名义

暖意我指尖的尘烟

我欣赏你优美的踌躇

喜欢你伤感的沉默

你是我从桃之夭夭

就开始积攒下的温暖

心事缺了弦月

又圆了玉盘

像云，像雾

抑或是一场旷世缠绵

我用今生的眸子

望穿前世的秋水

揽一缕月光入怀

掬一捧清风入心

悲欢是一寸月光

离合是一路诗行

如果夜色阑珊

如你的月光便是我的灯火

雪恋梅

只是因为贪恋了一次回眸
便化作一场初雪
告别唐朝
才在烟火中游历了几世
用那些不达词义的小字小句
在泛黄的素纸上娓娓诉说
让思念的蝴蝶
蛰伏在冬天的门栏
等你，在一首词里
等你，在一夜月光下
当你抵达的旋律
翩然成浪漫的词汇
我知道
你定是从宋朝走来的一枝梅
俊俏俏的花瓣
像极了用承诺涂成的一抹红

那一声婉转的低吟

比烈焰更诗意

我提着一颗心

低眉，湿了风

你唱着一片情

扬嘴，暖了泪

便觉

一程山一程水

终不及

你伴我清风

我伴你明月

我和你

我和你
如果相逢在大漠
你是那一株守望的仙人掌
我绝不做风暴蹂躏你的肌肤
我要做一滴温柔的细雨
轻轻，轻轻地落入你的掌中
一厘一厘向着不离不弃挺进

我和你
如果相逢在黑夜
你是那一朵等爱的玫瑰
我绝不做月亮窥探你的爱情
我要做一首隐约的老歌
缓缓，缓缓地伴随你的情结
小心收集所有记忆
等待春天来认领

我和你

一起钻木取暖

在一首诗里招安

只为，只为把前世

演绎成唯一的今生

我从山里来

我从空旷的山里走来

袖口依然存留半缕花香

也终将跟随

啾啾的鸟鸣缓缓归途

如果你问我留下了什么

我便口衔一片绿叶

慎重为你烙印执着的丹心

因为路是你

山也是你

我曾唱十里桃花

你曾听清风徐来

此刻

我载着片片忧愁依依归途

却把寸寸白云放牧在陌上

让山间的清风

赶在落日埋进山川之前告诉你

我的思念已在泥土里发芽

我的相思

我的相思是司马相如的
“一日不见兮，思之如狂”
是李清照的
“才下眉头，却上心头”
我的相思是柳永的
“衣带渐宽终不悔，
为伊消得人憔悴”
是温庭筠的
“玲珑骰子安红豆，
入骨相思知不知”
我的相思啊
是细雨装满的惆怅
顺着伞骨滑下幽幽的心殇
我的相思啊
是昨日悠长的沉湎
总被南风吹成锁骨的形状

在月亮之上

甜蜜而忧伤地打转

落一笔长相思

饮一杯世间情

悄悄叩问

明月能否寄婵娟

邂逅一场春雨

如果可以

与我一起顺沿季节的方向

邂逅一场春雨吧

不说云天悠远

不谈山色朗润

我把一枚纠缠的愁绪

放牧在一场春雨里

千条万条，无数条理由

浇开一朵如莲的心事

巴山已远

却剪不断挂在雨中的牵念

恰似一场春雨带着泥土记忆

从表层潜入内部

一滴深入的雨

落进明亮的眸子里

便是千千万万个

晶莹的你

春来了，人间万物都已复苏

你却是我复萌微枯的灵感

如果春雨有钩

我依旧想和你一起

一起独钓老不去的思念

淡水湖之情

如果可以

我想作静候的淡水湖

我没有蓝天的深邃

亦没有海洋的宽广

我只是一滴海水的眼泪

镜子一样

照见月亮羞涩的思愁

清晰的透明

是水草的温情

荡漾在爱的波心

你是一只弄翅的海鸥

我曾目送你远行

当曼妙的恋曲

婉约熟透的季节

我依旧用晚霞和朝晖

等你款款而归

等你温润那起韵的蓝色

我是一片落叶

我是一片独自飘零的落叶
抱紧落日的红
承载着一季思念的浓缩
久久，久久盘旋在
季节深处
等待最后的晚秋

我问过晚秋
从绿叶到落叶
从春风到秋风
相望成痴何时止休
又如何才能化相思为永恒

晚秋交出红尘染黄的时间
把我放在风口断桥处等你
你扶着缠绵的拐杖走来

坐在我的眼里

挤出流不尽的相思

我落了一颗心在你的脚下

轻轻地

轻轻地融进你手掌

你可知

等你三季，度你一生

是我温柔飘落的理由

从没有告诉你

从没有告诉你

我化身一条固执的鱼

不为探知水的深浅

只为送你山水安然

我的腮上印着海泥

我的眼眸落满苦涩

依旧甩着轻浪的画笔

为你临摹婉约的时光

那一刻

风沉迷，雨闪烁

从没有告诉你

我化身一条固执的鱼

不为潮升，不为潮退

只为用七秒的记忆

送你三世繁华

如果我爱你

如果我爱你
一定是以流水的方式
溯洄从之
不要问我从何处赶来
你是一根婉约的蒹葭
我必须向着你一路修行
缠绵于你的衣袂间
山风来时
你会望见千尺高的欢乐
也会频频点头向我致意
我把所有风雨藏在心里
不加修饰
放声弯弯曲曲的心事
我用原始的视野
延伸向寂静的远方
你有你的经典

你有你的沧桑

我亦有我的坚韧

我亦有我的深沉

就连太阳的温度

也比不上我心中的热情

我悠然注入了你的风骨

你便是我生命的形态

三月，寄一个春天给你

人间早春，烟花三月

流动的清风漫卷几分生气

遇见春鸟唤醒一座空山

听着云彩深情擦肩

恰似青松掩映的钟磬

声声清脆而悠远

初颜桃花，千朵心绪

飘落清澈的河水

纤瘦的柳丝

也忙着把心事一一发芽

戏水的鸭群是湖水的

春之乐章

灵动而和谐

欢然的身姿试图温柔一枚

小小的青叶

三月

我想学燕子衔一口春泥

将新绿的春语

读成《诗经》，赋成《离骚》

三月

寄一个春天给你

那不断萌动

不断蛰伏的

是昂扬的生命

情定鄱阳湖

教我如何不依恋

这诗意的鄱阳湖

我那亘古的爱恋

不只是因为

艳丽的《滕王阁序》

我的爱情在那片天地里栖息

爱人啊

圣洁的鄱阳湖

是你深情的清波

映照着我悠悠的梦呓

我是一株暗藏秘密的蓼子

从湖底到尘世

原始地撑开粉嫩的韵脚

不起惊澜，不加修饰

隔岸的东方

吹不老成片的牵挂

倔强地婉约成微澜的绝句

守护是你给的烟火

绽放是我给的态度

我的诗，你的梦

我的诗是飘忽的云
悠悠升起归雁的愁绪
若你在意那轻的云
请在碧波的水中
投下爽朗的身影
那里有我欢心
还有你爱恋
若你真的在意那思潮的云
请轻轻
轻轻地读我
我的心海没有航标
我在天蓝处浪迹
我在星耀里放飞
只有风向柔波
只有清远涟漪
还有你微微记得

我的诗，你的梦

许我三生烟火，伴你三世繁华

红尘初妆，盼君相遇

人间几多轮回，几多沧桑

镜花烟雨间

桃花岁岁轻起韵

一瓣一曲弄清影

不问花开为谁，花落何处

只在隐隐青山里

抚琴弹奏宫商眉间恋

再诗几章蒹葭唱执手

爱思量，情亦思量

辗转三千

你依旧是我三生石下压着的执念

相逢醉了姻

闲愁赋了缘

风雪里倾城

雨露里倾心

纵使春色柔情十里

怎抵得过白首终老的潋滟

许我三生烟火

伴你三世繁华

未敢说出

枫叶恋着秋天
雪花告白冬季
我却迟迟未敢说出我爱你

我在春天流浪太久
早已开成最抒情的诗
你哒哒的马蹄
踩醒了熟睡的诗韵
几度朝思
几度暮想
你把远方放在我的胸口
弄疼我无法触及的双臂

亲爱的
我迟迟未敢说出我爱你
玫瑰的倩影

簇拥了多少绵绵絮语

芬芳了多少传奇灿烂

可我

可我找不到一朵可以抵达你掌心的玫瑰

就让我做一朵夜来香吧

趁夜色还浓

趁光阴还在

好为你安插足以远行的翅膀

亲爱的

就让我做一朵夜来香吧

脉脉有语

飘香有度

因为我迟迟未敢说出

未敢说出

香樟树之恋

向香樟借一片发青的叶子

把太阳挂在叶眉端

让它刻画出清晰的脉络

烙印成红了又红的柔情

你就知道我有多爱你

向香樟借一颗黑亮的眸子

把月亮勾在明眸处

让它裁剪出沉甸的心结

包裹成浓了又浓的思念

你就知道我有多想你

秘密

一朵花

出卖了一缕春天

一滴雨

泄漏了一树芭蕉

一弯月

走漏了一个夜晚

你问我

我的秘密在哪里

我只好

只好捻一阕清词

煮进酒里

片片相思

月亮的盘子

托不住流浪的枫叶

一片向北

羌笛怨凉声声催

煮酒闲愁

荒芜了谁的流年

坐瘦了谁的野马

一片向南

心湖一色夜微阑

孤盏青灯

潮湿了谁的幽梦

临摹了谁的清词

银色的对白里

我为思

君为念

相思（一）

山载忧，水载忧
哪一程鸿雁归
哪一趟锦书来

月枕孤，星枕孤
哪一弯寄相思
哪一颗如梦来

思，思，思
悠悠几度花已残
怎一个思字宽了衣带
今夕何夕
不负如来不负卿

相思（二）

斜风瑟瑟花事冷
残月凉凉琵琶断
清歌难再，离歌伤情
断琴声里暗自销魂

镜中人，独涕泪
一袭霓裳，朱颜已改
胭脂难掩人憔悴

思悠悠，愁亦悠悠
斜风惨月终不解别离苦
伊人可知此情何时了

相思（三）

明月皎皎照湖面

晓风细细惹心间

愁一杯，思一杯

杨柳树下，瘦影独舞

乱，乱，乱

曲终相思还未了

一尺月光愁更愁

细剪落寞，却裁行云

三千华发还为君

知否

轻点红烛

独坐镜前挽长发

一丝丝

一缕缕

万般愁绪情难理

奈何挽不起这疯长相思

一寸寸

一尺尺

肝肠寸断君知否

因为我是老师

因为我是老师
三尺天地是我的人生画卷
我喜欢飘飞的粉末
开成轻柔的雪花
尽情浪漫缕缕发际

我是沧海中一只海螺
日日收集春风
夜夜洗尽铅华
只为轻抚你的额头
声声传送温柔，传送鼓励
我的眼神遇见你的瞳孔
便是清澈见底
直至生命终结
也要献上悠远音符

我是春风里一滴露珠

不去羡慕海洋奔放

不去惊扰细流涓涓

我在春风里

就在春风里

轻婉一笑，轻柔启语

我的百花便会播万里

我注定以圣洁的姿态

折射你青春驿站的七彩世界

我要把手中的火种高高举起

为你的脊梁注入坚强

为你的心扉沁入神韵

我不敢停下，亦不曾遗忘

我的信念坚如磐石

我的理想年轻如松

因为热爱

深情地接受平凡

因为热爱

微笑着擦去功名

因为执着

爱看雏鹰展翅，忍受孤独守巢

因为执着

选择诗满人间，与清风共舞

因为

因为我是老师

因为我是老师

亲爱的孩子

亲爱的孩子

生命是一种莫大的赐予

我希望你走很远的路

路过书山，跨过人海

步履不要太匆忙

够你遍览鲜花

偶尔历经薄凉，足矣

因为没有人会代替你

承受任何挫折和磨难

请做好自己的掌灯人

尔后深情地活着

亲爱的孩子

十年寒窗，绝非虚言

一字一句皆会成为

你最铿锵有力的底气

他日长大

若你隐居山林

请一定要优雅珍视

一朵花的美丽

一只鸟的呢喃

亲爱的孩子

他日长大

若你从教

请一定要先育己正己

方能与教育心心相印

亲爱的孩子

他日长大

若你从医

请一定要先医己心术

方能崇敬生命

尔后悬壶济世

亲爱的孩子

他日长大

若你从政

请一定要两袖清风

仁德秉性走一生

亲爱的孩子

他日长大

若你从商

请一定要行侠仗义

扶危济难，救国救民

亲爱的孩子

他日长大

愿你

前行有初心

回眸不负韶华

优雅地老去

很喜欢林语堂先生的
这样一句话
“优雅地老去
不失为一种美感”
每个人踏访黎明时
风正吹着黑发
行至黄昏时
已然是霜雪染两鬓
在走向夕阳的路上
坦然将所有青春的故事
化作酒一杯，敬过往
用不再娇嫩的手迎余生
并不是所有人都能年老
能够安然老去
是生命的恩赐
更是可遇而不可求的福气

岁月流逝，容颜渐老

我们无法抗拒

老得可爱，老得优雅

这是我们的权利

优雅地老去，于我而言

是未丢失年轻的心态

未遗弃腹中的诗书

未懈怠得体的仪表

哪怕老得坐在椅子上

风霜浸染的皱纹

也要带着优雅的自信

老有老的风骨

老有老的气质

如同大雪纷飞的窗外

一株老梅仍然绽放风采

在老和生一样落地有声中

愿我们都能优雅地老去

诗意人间烟火

来人间一趟

我们都是赶路人

比起远方

我更爱

这诗意的人间烟火

普通的日子里

唯有它

最能温柔这个世界

市井生活百态

柴米酱醋千味

从来都是日子

最真实的浪漫写照

哪怕日子老得掉牙

人间烟火依旧是

鸡鸣犬吠的农家乐

是锅碗瓢盆的日常
是巷子里的热闹喧嚣
是家人闲坐
灯火可亲的天伦之乐

有一种人间烟火
是夜幕交织下
晚归的几个行人
抖落三两淡漠与哀愁
把酒话桑麻
饮下几杯人生跌宕
滑落心里的是过往
启于唇齿的
应该还有
对人生另一种表白

有一种人间烟火
是街口深巷

小贩的吆喝声

像极了

一曲绵长的调子

接过老人烤的红薯

绝对能让你安心地

走过这块冰地

有一种人间烟火

是黄昏晚风下

与你慢慢变老

直到我变成黄土一抔

你仍是身边

最美的守护

有你

岁月静好

是彼此陪伴的一日三餐

有你

人间不远

烟火很近

春天是我的

春天，到底还是来了
从今天起
我就要开始写那些
比我更年轻的事物

写小云，澄澈的清
写南风，温柔的过
写春雷悠然落进南山
写东篱花儿撑破整个春天

不敢惊扰这一茬一茬的新生
不去蹂躏这整晚整晚的温柔
我要星子悄悄，弯月朗朗
我要蛰伏一季的想念
偷偷开始盛大的落英缤纷

还要写你眼里深爱的辽远

比如

狂野，火焰，追光，落魄

甚至是重生

我交出一首诗

诗里有你醒着的眸子

有你暗藏许久的火焰

有你声势浩荡的江河

更有你装满哲学的生命

从今天开始

我知道当我写下春天时

整个春天便是我的了

在一切颜色之上

在一切颜色之上

我独喜最单纯的白

干净不拖沓

简洁不拘束

正如一朵梨花

无需太渲染

无需太绚烂

从花蕾开始

只要透彻的白

白得纯洁，白得可爱

整个春天

便落进一朵梨花里

那么典雅，那么端庄

像极了脱了俗的美人

没有比梨花更美的诗了

素颜朝面足以香满山

一生带雨足以醉艳阳

我向梨花借一朵

只借一朵

与清风举杯

对饮一两梨花雨

诗一句就足够

便觉人间沧桑

也是一场盛宴

做一个淡淡的女子

做一个淡淡的女子

如云穿过风的弄堂

安然于一片叶脉间

浅浅而行

不俗不娇

不去蹂躏上好的时光

娉婷于铿锵的墨骨之上

在书中展从容

在字里画乾坤

风来安顿成诗

雨来氤氲成词

提笔勾勒都是绕指的美

做一个淡淡的女子

不张扬，不浮夸

任时光如何老去

款步走向云卷云舒

眼里放沉静

心里放坦然

这一次

这一次

你要开始仰望苍穹

看天光云影交相辉映

看远山近黛此起彼伏

即使乌云参半

即使星光低沉

只要辽阔的心

与广袤的天地紧紧相连

生命中便有足够的间隙

去凝视每一方晴空

去拥抱每一场温柔

体内的万物郁郁苍苍

胸中的丘壑明明朗朗

这一次

你该在苍穹之上

碰撞一条思想的银河

纯洁、生命、永恒

以相对论的速度

穿越寂寥、冰冷、黑暗

又以日月的翎羽

许下一个明媚的承诺

燃烧

是为了点燃更多的火

活着

是为了点亮更多的光

这一次

把心拓成四季

给征程钉上金钉

阳光透过的理想

一定最灿烂最唯美

我喜欢

我喜欢那些站在风里的人

他们从不以晴天为喜

从不以阴雨为悲

因为只管心怀希望

总有一处风景属于自己

正如我喜欢站在风里的你

那时

你的双眸是深邃的

你的理想是丰沛的

你的胸中有江河

你的掌上有山川

你抬眼望向星空的样子

像极了一首干净的诗

我知道你看见了

于浩瀚中最渺小的自己

可你依旧如此热爱这奇妙的人间

我喜欢你不言悲凉

喜欢你不颂绝望

风来雨落

霜降雪飞

你都虔诚感谢上苍的馈赠

生命才会如此精美

你就是一束光亮

一束微弱的光亮

我喜欢你努力点亮的方式

喜欢你照亮自我

也感染别人

喜欢你照亮彼此的空间

还有光阴河流

愿你被世界温柔以待

不是所有的路途

都会有鲜花来铺设

有些路注定

要孤独地穿越泥淖与荆棘

漫漫征程中

学会折一朵鲜花别在胸前

和一些路过的风

拙劣地分享

从阴雨走到艳阳的坚持

没有谁拥有最好的阳光

没有谁

能活成自己喜欢的模样

人生纵有低谷

也不要急着去寻找

那一缕幽兰暗香

还未入冬

你又怎能先畏寒

愿你波澜不惊地

接纳岁月打赏

尽力去完善

并不完美的人生

愿你不争不抢

优雅地取走

留在窗台的余光

愿你被世界温柔以待

趁年华尚在

人生，从来都是短短几个秋
生命里无法复制的限量版
从来都是最年轻的今天
逝去的，无法重来
未到的，无法把握

趁年华尚在
你要攒齐所有暖心的句子
攒齐所有不燥的微风
攒齐荒凉催生的繁华
攒齐努力喂养的幸运

如果错过了日光万斗
请记得珍视夜星的闪烁
如果无法与明月相照
请记得掬一捧水在明眸

如果还未与彩虹相拥

请记得点燃一把火种

所有经历的温柔与倔强

追逐与癫狂

破灭与涅槃

固执与怒放

都是为了在年轻的路上

迸发，亮剑，亮剑，迸发

当你端坐于星辰之上

是一个深邃的诗人

或是一个空旷的哲人

黑夜赋予你更黑的目光

黎明赠予你更亮的希冀

骨缝里，掌心上

丰腴着

关于灵魂里潜伏的思想

关于生命里请进的阳光

我要歌唱

从今天起

我要歌唱

每一个黄昏

不显悲凉

不显感伤

用黝黑的躯体

掂量落日的分量

从今天起

我要歌唱

每一个清晨

不急不躁

撤退彷徨与迷茫

伸开双臂

就像迎接恋人一样

迎接你的到来

在黎明破晓时刻
追赶着重的时光

从今天起
我还要歌唱
青山万古长青
田野春暖花开
每一寸土地
生机盎然亦深情
满目疮痍亦浪漫

朋友啊
假若你听见我在歌唱
请给我一个微笑
我将歌唱人间美好的光阴
歌唱生命动容的宣言

做一朵盛开的太阳花

不要因为寒冷

就不去感受冬天的温柔

不要因为苦难

就拒绝波涛的拍岸

山峰也有被雾霭缠身的时候

人生

总是一半挫折，一半责任

一半消沉，一半甜蜜

总要经历从黑暗走向光明

从冬天走向春天

生命不只有原野

还有冰川

不只有青春的激情

还有解不开的困顿

生活

应该脚底踩着贫瘠的土地

微笑捡拾阳光的温度

要唱就应该大声歌唱

要芬芳就应该使劲向阳

开吧

做一朵盛开的太阳花

在暗淡里顽强思考人生

在太阳颗粒里倔强矗立

我的脊梁

兰有秀，梅有香
但我从不羡慕
因为我也有
能够竖起活力的脊梁
路途若是云彩般变幻莫测
又何必着急草草悲观
你看
山野的翅膀
有时也会被升腾的雾霭捆绑
所以，我唯一能做的
就是用春天的绿叶
做成遮阳的草帽
挡雨的蓑衣
用秋天的露水
搽遍荆棘下的身体
只要我敞开胸怀

依然可以拥抱阳光

我便知道了

笔直炫耀的不一定是坚强

但是扛过沧桑的经历

一定叫阳光的脊梁

微笑着走向生活

人生这条路

说长不长

从婴儿走到青年

再从青年走到暮年

似乎只是

一朵云到另一朵云的距离

说短不短

如果顺利

可以欣赏到大约

二万九千二百次日出

可如今

我们已行至中年

这一路走来

总有太多迷惘时的哭泣

亦有诸多坚定着的目光

如果生命注定是一次前行

那就把酸楚的泪吞入心房

学会从容面对沧桑

学会冷静面对世事

迈开坚实的脚步奔忙

从地壳里冲腾出年轻的活力

把重复的日日夜夜

过得生动一点

优雅一点

哪怕余生的 1500 多个周末

都在独处

也要诗意地搂住自己的影子

舞一段一个人的华尔兹

或许，这就是所谓的

开到荼蘼吧

走吧

微笑着，微笑着走向生活

人生的枝丫上

盛开的不全是玫瑰

更多的是磨难

但终会被晒成坚强

请记住

顺流而下的是时间

逆水行舟的是生活

如果时光未老

如果时光未老

我想此后

只做一朵谦退的小花

少时太过年轻

落花太过厚重

那就谨慎

把清风留给夏季

把问候还给秋天

将喜欢的人

妥帖地安放在口袋里

盈盈转身，静待花开

素年唱晚歌

与秋水换心色

便是美好

旗袍女郎

时光清浅，岁月静好

身着旗袍的女子

如诗如画，如歌如梦

像是一阕旧小令

在江南小巷里起韵、清新

高挽云鬓

挽起唐诗宋词的书卷

挽起素净优雅的烟云

一把折扇

遮不住女子烘云托月的气质

身着旗袍的女子

旖旎着冷艳凝香的韵味

低眉是贤淑

俯首是贞静

一步风情，一步端庄

高跟鞋轻叩

醉了青砖挑檐的紫燕

向东的一江春水

分割成盈盈的双眸

在小桥流水的雨帘

凝望，还凝望

举手羞花

抬足闭月

清浅

总有一些日子是清浅的

如流水般自然温润

也总有一种遇见是清浅的

没有惊艳的开场

却也如约重逢在

最深的红尘里

有清风在柔暖

有睡莲在禅意

那些缱绻的时日

旖旎在眉间心上

筛滤过苦涩

浇灌过相思

生命的脉络

便有了

清澈得云朵般的思念

就这样

清浅相遇在淡然的时光里

刚好婉约诗行里的光阴

刚好来得及收藏

一步一回眸的英姿

清丽地温润在

简洁的素园里

柔和的时光中

我多想让你听见

嫩芽破土的声音
我想让你听见
陌上花开的声音
我想让你听见
弄堂风吹的声音
我想让你听见
阳光透过指尖的声音
我想让你听见

孩子们的爽朗笑声
奋笔疾书的声音
纯真与纯真相拥的刹那
脉搏萌化的声音
我想让你听见

午夜，写在心尖上的皈依

铺满梦里的天籁

寂静的芬芳里

攒足勇气和力量的声音

我想让你听见

一个个黎明

从体内擦亮

镶嵌在金色的年华里

一个个黑夜

从眸底驱赶

消融在火热的青春里

是春风

就把温暖翻译成

姹紫嫣红的讯息

是夏天

就把风韵洗礼成

负重前行的姿态

是秋天

就把记忆浸染成

胜利归来的欢呼

是冬季

就把沉稳临摹成

不畏孤独的寒梅

趁现在，就现在

我要策划一场隆重的盛典

只愿世间美好

让你温暖听见

只愿世间美好

让你温暖听见

登山

去登一座山吧

一座徒步才能到达的山

你才会明白

比山更高的

是绝顶上一株小草倔强的姿势

比山更深的

是山脚下一株小草努力的扎根

你才会明白

一株小草

同样可以不负春光

同样可以宣战黑暗

去登一座山吧

一座徒步才能到达的山

既然目标是山顶

又何必去问是平川

还是难以上青天

只要自己够坚定

那么

最美的不是成功的那一刻

而是永不放弃失败的心

你才会明白

人这一生啊不仅能上

还应平安能下

不应只仰首走

更需低头前进

去登一座山吧

一座徒步才能到达的山

你才会明白

生命最美的样子

不是征服了山峰

而是迂回曲折后

留下了一条攀登的路

世界看不见你

你却看见了全世界

我想要的并不多

其实我想要的并不多

只是想要每一次相聚

都能亲密相拥

还能深情倾诉

偶尔有泪滴

也是在最温暖的那一刻

其实我想要的并不多

只是想要

与生俱来的善良

都能遇见真诚

还能亲密无间

偶尔有情结

也是在最惦念的那一刻

其实我想要的并不多

只是想要

我的心底

每天都能种植一些美好

还能豁达无限

偶尔有百感

也是在最感恩的那一刻

其实我想要的并不多

风，温柔地吹

云，悠闲地过

若可以

再有一个远方

和一个可以到老的人

致先生

先生

晚风吹晚

你说清风一壶酒

等不来花间月满楼

那就向居士借一剪梅

再借东坡一轮明月

从指尖至眸底

为你画上远山近黛

为你铺开绝句诗行

诗镜中有你喜欢的辽阔

有你动容的荒野

有你举杯的惆怅

还有你向往

却不曾触及的风景

给你的意境

是我典当了所有身家

砌成的一座江南

我磅礴的深情里

喂养了欣欣向荣的相思

你且欢喜，抑或是忧伤

我且匍匐，抑或是愁怨

先生

这诗句寂寥，相思叠尽

一缕青丝不敢怨愁烟

两处闲愁又怎敢付东流

先生

你看月色卷了虔诚

梅花落成枕边案

简单

行走在

这个颠沛流离的人间

走着走着

把自己走简单了

澄明而辽远

慷慨而苍凉

比如将一扇窗打开

与一些花儿简简单单相遇

在落雪的枝头

或者洒满阳光的窗台

比如将一个杯子洗亮

在我们寂静相爱的屋里

半生荒凉变得温柔

一抹流年变得曼妙

于是心明眼亮了

撕一页日子

读一卷诗书

用干净的手指

去抚摸暖暖的旧时光

抚摸年少寂寞的诗行

而今

只想静成一个字

静做人生一段旁白

清澈且简单

静谧且温柔

世事相安

宁静相依

行走在

这个颠沛流离的人间

慢慢走，静静走

不疾不徐，不惊不扰

简简单单站着生活

简简单单坐着写诗

倾心这样的时光

倾心这样的时光

于匆忙里，围炉煮茶

于清欢里，花间泼墨

人生沟沟壑壑

故事来来往往

而我所热爱的每一寸光阴

是你携山水送来的诗意日子

风醒了

就盈一袖花香

山醉了

就拥一怀草木深

黄昏低了

不念悲喜只念安

你在围炉调制浪漫

我在花间打捞诗行

将朴素的光阴斟满两杯

将简单的幸福编成两朵

浅笑安然，深情对望

心也就愈发温柔

两个人的朝代里

写到深处是素心清欢

读到深处是彼此依偎

等韶华老去，沧桑尽染

一笔写归途，一笔写情长

我心皈依，所求无多

心有归处，爱有归处

七绝·梨花颂

空庭月下酒微醺，

倩影摇摇欲入云。

最爱流风回雪夜，

素衣白马战东君。

七绝·年关访退休老前辈

前人斩棘后人行，

荣辱攸关也不惊。

风雨一生身老矣，

年关踏雪访红英。

七绝·元宵寄怀

三千笔墨难描你，

满纸深情莫笑痴。

昨夜月明君未到，

凭窗唯有苦相思。

第二辑

你是胸口最暖的诗

我深深地依恋着您

我深深地依恋着您
我亲爱的祖国
我是您金黄的麦浪里
最饱满的一粒
用感恩的心
虔诚地低下成熟的头颅
等待着颗粒归仓
也将喂养如土地般
质朴的民族

我深深地依恋着您
我亲爱的祖国
我是你广袤的胸襟上
最深沉的一粒尘埃
滚烫的胸膛贴紧
您搏动的心脏

用您给的步履

走过千年历史

跨越世界文明

坐姿如山一样沉稳

站姿如长城一样厚重

无论走到哪里

我都挽住您坚实的胳膊

无论身在何方

您依然是我最暖的心窝

我深深地依恋着您

我亲爱的祖国

我是您文明的母语中

最深情上扬的声调

悠悠柔情在《诗经》里翻卷

在《史记》中绽放

用燃烧的喉咙

在滔滔黄河边豪迈放歌

摇响古老的驼铃
在大漠孤烟的丝绸之路上
轻轻起韵
祖国啊
连同我那晕开的泪水
都是最深情的平仄

我深深地依恋着您
我亲爱的祖国
我是您奔腾的长江边
最不屈的两行浊泪
流淌屈原的忠贞耿直
跟随郑和漂洋过海
会因这片土地怆然悲壮
而潸然泪下
也为这片土地燎原的
星星之火而欣慰颜开

祖国啊

我深深地依恋着您

我把满腔的赤诚献给您

祝福您永远年轻

祝福您繁荣昌盛

祝福您更加富强

又话江南

江南！那火一样艳红的江南
古今多少事，都在烟雨中
我沿着十里长亭，倚窗数花
听一曲箫，弹一曲琴
重拾搁浅在风中的前世记忆
江南！一个英雄辈出的地方
孕育出诸多骁勇斗士
“人生自古谁无死
留取丹心照汗青”的文天祥
“滚滚长江东逝水
浪花淘尽英雄”的
三国时代的孙家父子
“以笔投戈”的鲁迅
“巾帼英雄”的秋瑾
……
他们都是江南用

“惊涛拍岸，卷起千堆雪”之势
涵养的英雄志士
江南
包含着历史的血雨腥风
也刻画着
乱世英雄的长歌气息
慷慨激昂的诗句
仍洋溢着当年的铁骨雄风

江南
那水一样柔和的江南
一个烟柳繁华之地
总有缄结不开的丁香愁绪
总有缄结不开的如水情怀
伫立在江南的拱桥上
倾听乌篷船幽婉的柔肠百转
也就触摸到了
韵味悠长的似水流年

烟楼雨巷，粉墙黛瓦

空载几许迷人的怅惘

青石板上，浣溪滩头

嗔念几多美颜如玉的痴醉

小桥流水，庭前梅树

细数几缕沉睡的相思

江南

刚与柔融合得淋漓尽致

伫立在江南的思绪里

风吹得很委婉

我在水墨丹青的渔舟唱晚里

又话江南

写给祖国

您这迷人的名字
成不了诗意三行
却不动声色
填满了我的心房
您有汉字千千万
中华人民共和国是我的最爱
您的名字是我戒不掉的瘾
月色初上我读她
雁字归来我读她
残垣断壁我读她
红墙绿瓦我还读她
您的名字啊
是我用尽此生
仍向往的
最浪漫最动听的情诗

千年底蕴，您有

万里河山，您有

人间星河，您是

锦绣未央，您还是

您生我未生

您的过往我不曾陪伴

我总在一滴颤抖的泪水中

不止一次把您追溯

您是盘古开天

您是孔子思考

您是一次次的伤痛

您是一次次的新生

我爱着您苍老的胳膊

我爱着你纵横的阡陌

我知道

我深深地知道

人间最美

不及与您温暖邂逅

一步是您

两步是您

步步还是您

我的心太小

九百六十多万平方公里

是我这一生最吝啬的守护

我不知道

世间美好有多少

您却是我的目光所及

想邀明月举杯

想挽清风共舞

好让她们统统见证

往后余生

皆是您和我最动容的相依

豪情万丈有您的山川

也有我的不负韶华

我的祖国啊

我行走到古稀

您仍年轻

还要借一片冰心

向您献上清澈的爱

来时的路是您

别后的路还是您

我喜欢你的样子

我喜欢你的样子
喜欢你日月如初
山水同源的模样
喜欢你历经沧桑
依然年轻的模样

我喜欢你的样子
你如丝绸的肌肤
是大地的颜色
褶皱的高山平原
是四季的唇印

我喜欢你的样子
无须更深刻的表达
只记得你的语言
珠穆朗玛是我献给你最真情的哈达

海螺的号角早已融入天的蔚蓝

我喜欢的样子

你在月下娇柔纯美

像极了我的母亲

你在太阳下黝黑挺拔

像极了我的父亲

你在田野里是一粒粒麦穗

又仿佛丛丛的绿荫

像极了我的姊妹和兄弟

我喜欢你的样子

无论你甜美忧愁

无论你凄美忧伤

无论你俊美忧心

我都依附在你身旁

从不去改变

亦不曾改变

我喜欢你的样子

因为你是我的祖国

我只是一棵青草

我只是一束闲花

我只是炙热的一粒黄沙

我只是温柔的一朵浪花

我喜欢你的样子

因为你像风儿

我却被你幸福吹着

吾辈之青年

吾辈之青年

生逢其时，躬逢盛世

然，责任在肩

当立鸿鹄之志

做奋进者，无畏者

做坚守者，担当者

是浪花，就奔涌在浪头

是流萤，就增辉给岁月

是微尘，就补益给山海

是春风，就逆行在路上

青年，当握青年之笔

青年，当长青年之气

青年，当扎青年之根

青年，当立青年之志

吾辈之青年

当有朝阳之姿

投身复兴之路

做时代之掌舵人

做韶华之不负人

以担当扛起责任

以坚守照亮安宁

以奋斗换取辉煌

以无畏立报国志

吾辈之青年

当傲然风骨立于世

青春之名践于行

也该踏雪饮冰展毅力

更能指点江山显风采

吾辈之青年

当怀赤子之心

以凌云壮志承国家之重担

以矢志奋斗担民族之脊梁

祖国

我在我的教室里

发现了我的祖国

一支翻页笔

一页一页

讲述着黑板到希沃的故事

我在我的时尚里

发现了我的祖国

一件身上衣

一针一针

刺绣着黑白到多彩的时尚

我在我回家的路上

发现了我的祖国

一个设计师

一段一段

彩绘着泥泞到高速路的历史

我在我祖辈生活的村庄里

发现了我的祖国

一句脱贫攻坚

一家家，一幢幢

描绘着茅草屋到美丽家园的神话

我在我舞动的步伐里

发现了我的祖国

一支舞，一首歌

称颂着脱贫摘帽到乡村振兴的喜悦

祖国啊

我是您西南边陲一个赤诚的女儿

我用采茶的双手

编织一盏祖国的彩灯

放飞在旭日东升的清晨

璀璨而绚丽

我是一缕炊烟

倘若你望见

以门前小河的流势

飘向暮色的天穹

不要问我从何处赶来

更无须哀愁飘往何方

你不曾见过

一只家燕日日打湿一个乳名

你不曾见过

一盏孤灯夜夜骗取娘的浊泪

你不曾见过

我拼命拽着风的裙角

央求风儿向着故乡吹

你又怎懂

怎懂我那饥肠辘辘的思念

我的唇边衔着清醒的惆怅

一绺一绺催生出

娘的白发，褐色的土壤

还有清冽的小溪

我只是一缕

一缕惆怅的炊烟

我想找回早已在诗歌里

泛滥成灾的

故乡的云和月

从日出找到日落

从一片森林找到一方云端

赶在候鸟归巢前

通通捧回静谧的村庄

从此不让雨雪

压弯娘的等候

游子的乡愁

风从故乡来

风从故乡来
吹疼了胸口久远的思念
吹老了故乡慈祥的山坡

村庄后，山坡上
云朵也高不过的父亲
总把暖阳装进烟袋
一圈圈吐出褶皱的年轮
飘在发丝上
发白的苍苍蒹葭

挤薄了山花的老水牛
总把铃铛挂在坡上
一遍遍摇响雁鸣的山谷
我那脆弱的乳名
伴着铃声，幽幽远远

风从故乡来

两行成疾的思念

飘成朵朵心结

久久，久久和故乡

绵绵纠缠，绵绵纠缠

我与故乡

小时候

我在涓涓溪流边恋故乡

我是依偎在她身旁的一株小草

甘甜的乳汁滋润我弱小的生命

青年时

我在洁白的五线谱上唱故乡

我是跳动在她胸膛上的串串音符

在心灵最深处谱写生命的绽放

中年时

我在厚厚的日记本里写故乡

我是那支饮满思念的钢笔

笔端下流溢的总是永恒的第一页

而今

我在蔚蓝的天空下望故乡

我是那只迟迟未归的候鸟

飞过高山，飞过岁月

抬头还是那蔚蓝的天空

瘦了的指缝

总有一种殷切归巢的愁肠

月光下的乡愁

“明月何皎皎

照我罗床帏”

又是一轮明月独上西楼

又见一阕乡愁被月围剿

仰首

不能寐的双眸与月亮重叠

狂奔的思念

喝下一壶月光就醉

我无数次用越喊越陷的乡音

缩短心与故乡的距离

把故乡装在窄窄的衣袖里

草草木木就一片一片

放进诗中

南飞的家燕总把

旅居在老屋下的乳名打湿

瘦瘦的炊烟总把
黄昏时的灶房缠绕
揣在胸口的温暖
是被娘照料的呼唤

我的乡愁是独孤的皂角树上
那片或高或低的云彩
是褪色的瓦砾上
那场或浓或密的秋雨
我的乡愁是游子灵魂深处
最甜蜜的苦恋
是游子心头最惆怅的一首诗
我用一尺月光倒满乡愁
醉倒在撕撕扯扯的乡愁之夜

冬樱花

不与春争艳

不慕秋寄思

在一寸柔和的冬日

冬樱花精致地于清晨醒来

温婉吐蕊，安静怒放

没有玫瑰的浓情

亦没有百合的多姿

注定是一场絮语缤纷的樱花雪

一树树，一朵朵

那轻，那柔

花开不喜，花落不悲

淡雅地

温暖过一季的凛冽

在离树根最近的地方

一袭白衣沾满清香

一场花开无关生命的长短

灵魂的门扉

总会载着独有的芬芳

我以一朵云的邂逅

微启红唇

等一枚樱花

虔诚轻落

一抹色彩

我是一抹色彩

没有季风拂拭

没有绚烂相陪

在唐风宋雨中青丝素挽

在明清传记中朱落黛眉

清幽的模样

随青花瓷轮回转世

那一场煅烧

蓝天和白云注定是

窑火中的绝唱

封进灵魂的釉色里

成了那一晚

蓝白相映的华丽转身

天青色的爱恋

千年之后

依然流淌最极致的忧伤

靛蓝色的机缘

千年之后

依然留存手心里的温度

日夜勾勒一曲经文梵唱

几番风雨送走黄昏

却散不尽几世情缘

青花似梦，璀璨已斑驳

千年只如一瞬

我依旧是一抹清幽的色彩

在烟雨中抒柔情

在烈焰中展刚毅

野杜鹃

你把春天交付给大山

从寂静的山谷之底

用鲜红的贞洁

烘托爱恋与相思

他们说

子规啼血，才如此鲜美

可我分明读出了生命的纯净

本分地守在山谷

本色地开满山坡

你那奔流的红火，飞荡的炽热

让我看到了一朵野杜鹃

是如何呼唤出荒野的青春

又是怎样涂尽山林的胭脂

我知道我将漫山寻芳

摘下一朵放在案头

只为采撷一个

一个关于野杜鹃的春天

假如我是风

我是风

我要吹响水稻梗做的笛子

咕咕叫唤混迹于秋色的鸟儿

暗影轻巧，稻香涌动

让它衔着笛声

将云朵送回天际

还要把整个秋天归还给父亲

假如我是风

我要吹响山谷里的铜铃

声声催促散落在山坡的牛群

沿着黄昏，一一点名

让它驮着暮色

将静谧送回村庄

还要把整片安详归还给母亲

我想，我就是思想的风儿

吹开河的爱恋，山的原野

在纸笺上抖落的几行清泪

早已越过月亮一尺的高度

油菜花

油菜花是三月的野心
荡漾着泥土的诱惑
在云雀的歌唱声中
包围了一个迷茫的季节
披着黄铠甲与一树
误读花期的梨花带雨
讨回一个迟到的春天
她的气质配得上勇士
她的妩媚盖得过贵妃
千般风情，万般热烈
一朵两朵万万朵
千垛万顷片片黄
她是人间的独一
创造了陆上金海的奇迹
一片耀眼
解读青春的魅力

满枝灿烂

渲染生命的呓语

我躺在一眼金色的花蕊里

让柔柔的碧波

靠近油菜花的春天

假如我是一条小溪

假如我是一条小溪

绝不学江河波涛拍岸

也不学冰川坚硬寒冷

我要用我小小浪花

去亲吻母亲般慈祥的沟壑

她没有入云的伟岸

亦没有簇拥的花香

前行的道路上

我从不孤单

因为有她不离不弃的陪伴

四季变迁

她在岁月里沧桑

在静默中守望

假如我是一条小溪

我只静静依偎在她的怀里

倾听泥土的呼吸

不愿让她

再为我托举厚重的奔流

无尽的牵挂

乡愁（一）

在月亮升起的地方

总有一棵老树

安详张望

父亲摇过

母亲晾晒过

我的童年也曾追逐过

月圆的时候

我坐在枝头

我想看看燕子

是否衔着炊烟回了家

乡愁（二）

小时候

坐在父亲的肩头

看远方

长大后

坐在枫叶的眼里

望故乡

娘

黄昏爬上山时

我揪扯着月亮的裙角

眼眸里潮湿您的远眺

还有您的佝偻

娘啊

蜡黄的灯下

您那慈祥的针线

缝到何时

才能赎回爱的典当

芦苇花开时

我捕捉着风信子的消息

耳畔里挤满您的梦呓

还有你的皱纹

娘啊

煎熬的岁月

您那忧伤的秋霜

染到何时才能盼到儿回故里

娘啊

您床前的孤灯

夜夜陪着烛光的眼泪

滴滴弄疼儿的枕巾

蜿蜒了扯不断的牵肠路

您用眺望煎煮着

被儿带走的日月星辰

娘啊

就让儿扶着您的目光归来吧

您是儿温暖前行的方向

您是儿安全归航的港湾

致父亲

我写过山川，写过秋月

却迟迟未敢动笔写您

我的父亲

雨落时

我不敢写您，我的父亲

怕笔端流淌不出

您对担当执着的目光

风走来的方向

有您瘦瘦巴巴的身影

坚强地托起一生的重量

您的名字

和黄土地一样深沉

您总把山路走弯

却把儿的人生拉直

无数个风雨泥泞

无数个脚步坚实
成了儿前行中
永不褪色的拐杖

日暮西山
我不敢写您
我的父亲
怕一支瘦笔
将孤灯下的腾烟
写得过于憔悴
将颤颤巍巍的孤独
照耀得更加荒凉
夕阳下的背影像一只蜂
蛰伏在儿的梦里
时间的轮廓镶满您的两鬓
岁月的风霜浸染你的脸庞
我多想
多想让时光穿回隧道

许您一个青春年少

可儿残忍地将您的身躯踩薄

无法让您放慢

一步一苍老的岁月

我不敢写你啊

我的父亲

就让儿接住您的牵引

接住生命透明的火焰

延伸，再延伸

还要向您寄出

儿捂了又捂的思念

人间皆安

清晨
是一篇初升的引序
总是飘动着些许的憧憬
正如我
把母亲的慈祥
一寸一寸播种在红土地上
待到春天
到处是和煦芬芳的模样
把父亲的担当
一里一里播种在春天的沃土
待到归鸿
到处是幸福安宁的回声
如果你听见
在一朵花里有风温柔
那一定是山河无恙
人间皆安的传颂

岁月

我把岁月弄丢了

问过探春的青草

询过飘逸的花香

只觅得叹息声声

我把岁月弄丢了

访过迷人的四季

唤过流沙的年轮

只握得惆怅片片

终于在深秋

一片余晖

静谧地洒在村口

我找到了

岁月不过是

缕缕银发

忧伤地落在

娘曾花开的秀发上

夜雨寄思

小院深深

寒风一夜吹满楼

潇潇又潇潇

夜雨叩轩窗

声声低泣，片片成疾

一卷珠帘舞心上

一夜笙箫弄情殇

宣纸种红豆

提笔画伊人

点点皆是缘深情浓

落笔煮惆怅

杯杯皆是飘零落花

举目山空

欲言不能

眉间相思赋予谁

青灯照不见君归来

春秋几载

终是夜雨生疼了泪

还是泪生疼了夜雨